आओ करें चाँद की सैर

मनोहर श्याम जोशी

वाणी प्रकाशन

वाणी प्रकाशन

4695, 21-ए, दरियागंज, नयी दिल्ली 110 002

शाखा

अशोक राजपथ, पटना 800 004

फ़ोन: +91 11 23273167 फ़ैक्स: +91 11 23275710

www.vaniprakashan.in
vaniprakashan@gmail.com

Aao Karen Chand Ki Sair
by Manohar Shyam Joshi

ISBN: 978-93-5229-084-0
Story

प्रथम संस्करण

रेखांकन : मनीष वर्मा

मूल्य : ₹125

यश प्रिंटोग्राफिक्स, नोएडा-201 301 (उ.प्र.) में मुद्रित

वाणी प्रकाशन का लोगो मक़बूल फ़िदा हुसेन की कूची से

आओ करें
चाँद की सैर

आओ करें चाँद की सैर

बच्चो, तुमने चाँद के बारे में अपनी दादी अम्मा से कई कहानियाँ सुनी होंगी। वे कहानियाँ दिलचस्प हो सकती हैं। सही वे नहीं हैं। आज का आदमी चाँद पर पहुँच चुका है। तुम देखोगे कि चाँद की दुनिया कितनी अचरज भरी है।

सूरज डूब चुका था। साँझ होने लगी थी। कमलेश अपनी किताब में कुछ इतना मगन था कि उसे बिजली जलाने की भी सुध न थी। किताब, राकेटों के बारे में थी। कमलेश ऐसी ही किताबें पढ़ता था। विज्ञान के मोटे-मोटे पोथों में ही उसका मन लगता

था। परियों की कहानियों को वह बच्चों वाली बातें कहकर अलग पटक देता था। और मजा यह कि वह खुद भी बच्चा ही था। उसकी उम्र थी, यही कोई नौ-दस साल।

तो वह राकेट की किताब पढ़ रहा था। उसके चारों ओर चुप्पी थी। घर में कोई था नहीं। होता कौन? कमलेश के माँ-बाप, भाई-बहन कोई थे नहीं। उसके बाप बड़े

नामवर विज्ञानी थे। एक दिन प्रयोगशाला में विस्फोट हो जाने से उनकी मृत्यु हो गयी। इस बात से उसकी माँ को इतना गहरा सदमा पहुँचा कि वह भी चल बसी। तीन साल की उम्र में ही कमलेश अनाथ हो गया। उसके अगर कोई थे तो राकेश मामा। राकेश मामा का भी अगर कोई था, तो बस वही था। न कहीं जाना, न आना। सारा दिन प्रयोगशाला में घुसे रहना। उनके प्रयोग भले, उनकी पाइप भली और जब फुर्सत मिली तो कमलेश भला। घण्टों उसे दुनिया-जहान की बातें सुनाते। दुनिया भर की किताबें लाकर देते। यही कमलेश की पाठशाला थी। स्कूल वह जाता नहीं था। एक बार भेजा तो उसकी बुद्धि देखकर अध्यापकों की बुद्धि चकरा गयी। बोले—"हम इसे क्या पढ़ायें, यह तो हमें ही पढ़ा देगा।" कमलेश घर ही में पढ़ता था, मोटी-मोटी पोथियाँ। वैसी ही जैसे वह

इस समय पढ़ रहा था। राकेट की किताब में वह उस जगह पहुँच चुका था, जिस जगह राकेट छोड़े जाने का हाल था। दस से उल्टी गिनती गिनी जाने लगी थी—दस, नौ, आठ, सात... । शून्य पर राकेट को आग दिखा दी जाने वाली थी।

कमलेश मन-ही-मन दस से उल्टी गिनती गिनने लगा। दस, नौ, आठ, सात,

छह, पाँच, चार, तीन, दो, एक, कि तभी जोर की आवाज हुई। धमाका! कमलेश चौंक पड़ा। आवाज प्रयोगशाला की ओर से आयी थी। वह दौड़ा-दौड़ा वहाँ पहुँचा। देखा कि धुआँ भरा हुआ है और राकेश मामा एक कोने में दुबके खड़े हैं। कमलेश घबरा गया। जोर से चिल्लाया—"मामा! मामा!!"

मामा बोले—"कमलेश, तू जरा-सी बात में घबरा जाता है! मैं राकेट के ईंधन के बारे में कुछ प्रयोग कर रहा था। धमाका इस बात का प्रमाण था कि प्रयोग सफल रहा। समझे?"

कमलेश ने कहा—"वह तो मैं भी समझ गया, मामा। बात यह है कि मैं बैठा-बैठा राकेट की किताब पढ़ रहा था और किताब में उल्टी गिनती शुरू हो चुकी थी। शून्य तक पहुँचे ही थे कि यह धमाका हुआ!"

"और तूने यह समझ लिया कि उल्टी गिनती खतम और मामाजी यह गये, वह गये।" राकेश मामा ने जोर का ठहाका लगाया। उनका चश्मा नाक पर कुछ और नीचे खिसक आया। कमलेश ने भी मामा की तरह जोर से हँसने की कोशिश की।

मामा ने जब हँसना बन्द किया तो कमलेश भी चुप

हो गया। तब मामा ने पूछा—"तू राकेट का करेगा क्या?"

"चन्दा के पास जाऊँगा।" कमलेश बोला।

"जाना कैसा?" मामाजी बोले—"तेरे सामने तो खड़े हैं चन्दा मामा। राकेश माने चन्द्रमा, राकेश मामा माने चन्दा मामा!"

“जाइए हम आपसे नहीं बोलते! आपसे तो अच्छे बिचारे चन्दा मामा हैं।” कमलेश ने तुनक कर कहा और खिड़की से चन्द्रमा को निहारने लगा। पूरे चाँद की रात, गोल-गोल चन्द्रमा सेमल की डालों के बीच से झाँक रहा था। वह किसी बहुत ही नेक और खुशदिल आदमी के भरे-भरे ताजे चेहरे-सा लग रहा था।

“चन्दा मामा बहुत अच्छा आदमी है।” कमलेश ने फतवा दिया।

राकेश मामा बोले–“अरे, यह आदमी है कहाँ? यह तो पृथ्वी का उपग्रह है। बहुत पहले कभी यह हमारी धरती का ही एक हिस्सा था। एक दिन छिटक कर अलग हो गया। तब से यह पृथ्वी के चारों ओर चक्कर काट रहा है!”

कमलेश ने कहा—"उपग्रह ही सही, है तो सुन्दर!"

राकेश मामा ने कहा—"बात यह है कमलेश कि तुम किताबें पढ़ते हो विज्ञान की और बातें करते हो कवियों जैसी। चाँद में धरा क्या है? उसे तो मुर्दा-देश कहते हैं। आओ, तुम्हें दिखाऊँ।"

राकेश मामा कमलेश को प्रयोगशाला की छत पर ले गये। वहाँ एक बड़ा-सा दूरबीन रखा हुआ था। कमलेश ने दूरबीन से देखा तो चाँद में पहाड़ियाँ, वादियाँ और बंजर मैदान नजर आये। जगह-जगह बड़े-बड़े गड्ढे थे।

राकेश मामा बोले—"देखा, चाँद में वीरानी ही वीरानी है। वहाँ न हवा है, न पानी।

इसलिए जिन्दगी वहाँ कैसे हो सकती है। हवा नहीं है इसलिए किसी की आवाज सुनायी नहीं दे सकती। खामोशी का ही राज है, चाँद में। रात में बेहद ठण्ड होती है और दिन में बेहद गर्मी। फिर भी तू चाँद की यात्रा करने की रट लगाये रहता है!"

"जी, आपकी बात ठीक हो सकती है, लेकिन यह तो बताइए कि विज्ञान वाले चन्द्रलोक की यात्रा की तैयारियाँ क्यों कर रहे हैं? उनसे आप क्यों नहीं पूछते कि चाँद में धरा क्या है?"

राकेश मामा इस हाजिर जवाबी पर मुस्कराये और बोले— "बात यह है कमलेश कि विज्ञानी लोग तो

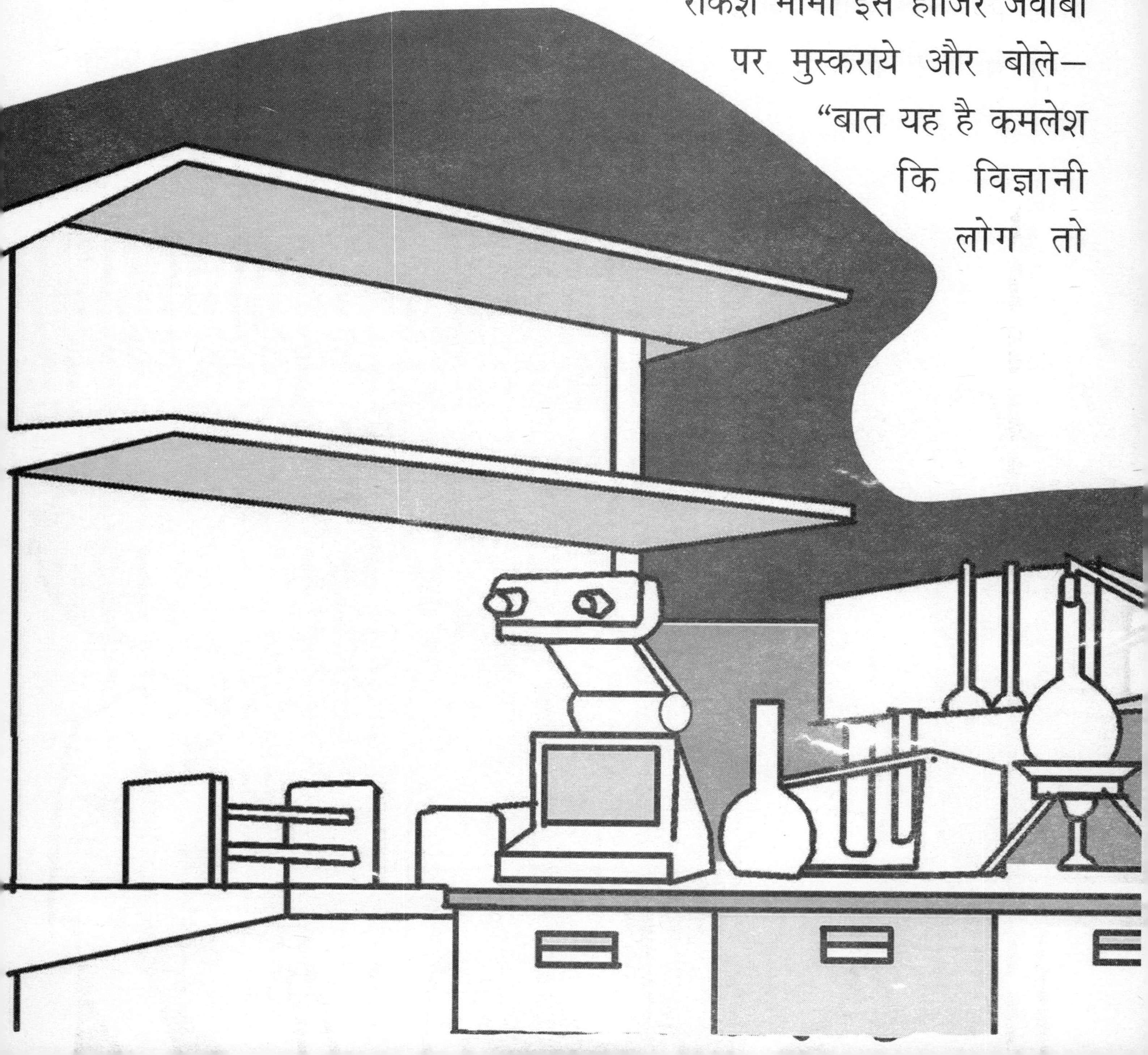

यही मालूम करना चाहते हैं कि चाँद में धरा क्या है? अब हम उनसे कैसे पूछें कि चाँद में धरा क्या है। देखा रूस वालों ने ल्यूनिक नामक एक अन्तरिक्ष-यान भेजा था, चाँद के पीछे के हिस्से की तस्वीरें उतारने के लिए। तुम जानते हो कि चाँद का एक ही हिस्सा पृथ्वी से दिखाई देता है—सामने वाला हिस्सा। पीछे वाले हिस्से पर हमारी नजर नहीं पड़ सकती। तो रूसी अन्तरिक्ष-यान ने चाँद के चारों ओर चक्कर काटा और टेलीविजन कैमरे से चाँद के पिछले हिस्से की तस्वीर पृथ्वी पर बैठे विज्ञानियों तक पहुँचायी। फिर अमरीका वालों ने रेंजर नाम का एक अन्तरिक्ष-यान भेजा, जिसने चाँद के सामने वाले हिस्से की तस्वीरें बहुत नजदीक से लीं और बेतार द्वारा पृथ्वी को भेजीं। इन तस्वीरों जी जाँच की जा रही है। जाँच से मालूम होगा कि चाँद की बनावट कैसी है। इसी तरह कुछ यान भेजे

जायेंगे, जो चाँद की सतह से मिट्टी के नमूने लेंगे और उनकी जाँच करके विज्ञानियों को यह खबर भेजेंगे कि चाँद की मिट्टी कैसी है। और उसमें क्या कुछ है।"

"यह सब तो मैंने आज ही किताब में पढ़ा था।" कमलेश बीच ही में बोल उठा—"लेकिन यह बात है, मामाजी, कि विज्ञान वाले यह सब कर क्यों रहे हैं? इससे हासिल क्या होगा?"

"यही कि चाँद के बारे में हमारी जानकारी बढ़ेगी। शायद मंगल और शुक्र की यात्रा के लिए हम वहाँ स्टेशन बना सकेंगे।

विज्ञान वाले हासिल क्या होगा की बात नहीं सोचते, कमलेश, वे सिर्फ जानने के लिए जानना चाहते हैं।"

"तब ठीक है, मामाजी। मैं भी कहे देता हूँ कि मैं चाँद में सिर्फ जानने के लिए जाना चाहता हूँ। अब कर लीजिए बात या फिर बनाइए राकेट।"

"यह भी खूब रही। अच्छा हम तुम्हारे लिए राकेट बना देंगे लेकिन एक शर्त पर। पहले तुम यह बताओ कि राकेटों के बारे में तुम्हें क्या मालूम है?"

"अभी लीजिए! राकेट सबसे पहले चीनियों ने बनाये थे। बारहवीं सदी में। भारत वाले भी इन्हें अग्निबाण के नाम से जानते थे और बनाते थे। हैदर अली ने 1780 में अंग्रेजों से जब लोहा लिया तो राकेटों का इस्तेमाल करके दुश्मन को चक्कर में डाल दिया। अंग्रेजों ने राकेटों के बारे में सारी जानकारी हासिल की और खुद भी राकेट बनाना शुरू कर दिया। राकेटों से वैज्ञानियों को दिलचस्पी हुई। राकेट की बनावट में एक के बाद एक सुधार होते चले गये।"

"अच्छा, राकेट चलता कैसे है?"—राकेश मामा ने मास्टराना अन्दाज में पूछा।

"मुझे सब मालूम है!" कमलेश ने कहा, "बताता हूँ। राकेट में पीछे से खुला और आगे से बन्द बारूद या किसी दूसरे ईंधन का एक पिटारा होता है। ईंधन के आग

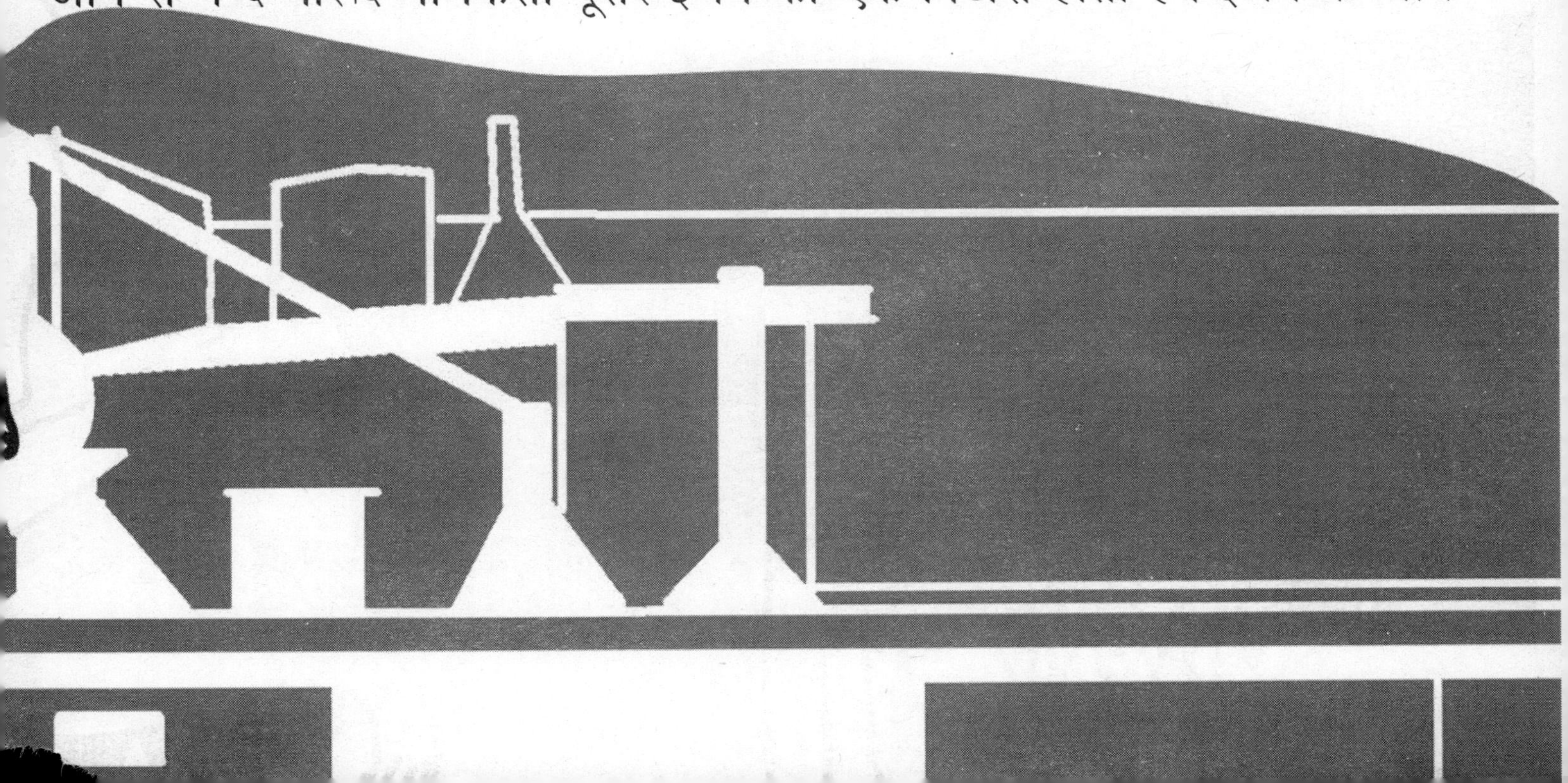

दिखाने पर गैस निकलती है। जैसे तैराक, तालाब की सीढ़ियों पर पाँवों से जोर डालता है तो उछलकर आगे बढ़ता है, वैसे ही पीछे की हवा पर गैस का दबाव पड़ने से राकेट आगे चलता है।"

"शाबाश!"—राकेश मामा ने दाद दी "मान गये, तुम्हें सब याद है। तुम्हारे लिए राकेट बनाना ही पड़ेगा। सच कहूँ, बना दिया है। देखो।"

राकेश मामा कमलेश को प्रयोगशाला में ले गये। वहाँ एक अलमारी से उन्होंने राकेट निकाला। देखकर कमलेश उछल पड़ा। बोला—"इससे मैं चन्द्रलोक की यात्रा करूँगा।"

मामा हँसे। बोले—"वह तो इससे नहीं हो सकेगा। चन्द्रमा तक जाने के लिए तो ऐसा राकेट चाहिए, जो सात मील प्रति सेकेण्ड की रफ्तार पकड़ सके। यानी एक घण्टे में 25 हजार मील का फासला तय कर सके। इतनी रफ्तार हो तभी हम पृथ्वी की पकड़ से छूट सकते हैं और अन्तरिक्ष में पहुँच सकते हैं। इतनी रफ्तार न हो तो पृथ्वी हमें वापस अपनी ओर खींच लेगी।"

फिर मामा ने कहा—"इस किताब से तुझे चन्द्रमा की पूरी जानकारी हासिल हो जायेगी। जा, इसे पढ़। जो तुझे नींद आ जाये तो सो जाना। राकेट तैयार होते ही मैं तुझे जगा लूँगा।"

"अच्छा, मामाजी"—कमलेश किताब लेकर अपने कमरे में चला गया। देर तक वह उस दिलचस्प किताब को पढ़ता रहा। पढ़ते-पढ़ते उसकी पलकें झपने लगीं। तभी उसने सुना कि मामाजी कह रहे हैं—"कमलेश, राकेट तैयार है। चलो चाँद

की सैर करें।"

राकेट तैयार होने की खबर देकर राकेश मामा उलटे पाँव लौट गये। कमलेश हड़बड़ाकर उठा। उसने चटपट मुँह-हाथ धोये, जल्दी-जल्दी जूता पहना, सर पर टोप रखा और बाहर निकल पड़ा। देखा कि सड़क के उस पार, फुटबाल के मैदान के बीचोबीच, एक बहुत ऊँची मीनार खड़ी हुई है। यह कहाँ से आयी? यहाँ तो कोई मीनार-वीनार नहीं थी। कमलेश चिल्लाया—"राकेश मामा, मीनार! आइए, देखिए तो, मीनार!"

राकेश मामा जाने कहाँ से प्रकट हुए और बोले—"बात यह है कमलेश कि जिस चीज को तुम मीनार समझे हुए हो उसी का नाम राकेट है।" इतना कह कर राकेश मामा फिर चम्पत हो गये।

राकेट इतना ऊँचा था कि ऊपर आने-जाने के लिए लिफ्ट लगाया गया था। सैकड़ों विज्ञानी राकेट को रवाना करने की तैयारी में जुटे हुए थे। राकेट के सिर पर एक तिकोना डब्बा रखा हुआ था। कमलेश ने किताब में पढ़ा था कि ऐसे ही

डब्बे में अन्तरिक्ष के यात्री को बैठाया जाता है। डब्बे को ध्यान से देखने के लिए कमलेश ने जो सिर पीछे को झुकाया तो टोप टप-से टपक पड़ा। टोप गिरा कि राकेश मामा का ठहाका गूँजा। कमलेश के कन्धे पर धौल जमाते हुए राकेश मामा ने कहा—"कमलेश तू, यहाँ खड़ा हुआ क्या कर रहा है? जरा प्रयोगशाला में तो देख

कितने लोग तुझसे मिलने आये हुए हैं!"

कमलेश बोला–"मामाजी, एक बात पूछूँ?"

मामा बोले–"एक क्यों दो पूछ, मगर देर मत कर!"

"इत्ती जल्दी इत्ता बड़ा-सारा राकेट बना कैसे?"

"मैंने नहीं बनाया। उन लोगों ने बनाया है जो प्रयोगशाला में तुम्हारी राह देख रहे हैं। उनसे जाकर पूछो, वही बेहतर जवाब दे सकेंगे।"

कमलेश प्रयोगशाला के भीतर पहुँचा तो देखा कि वहाँ कोई नहीं था।

"अजीब बात! आखिर वे लोग कहाँ गये जो मुझसे मिलने आये थे?" कमलेश बुदबुदाया।

तभी पीछे से एक गरगरी आवाज सुनायी दी–"हम लोग यहीं तो हैं।"

कमलेश चौंक कर पलटा। देखा तो कोई नहीं। बस कुछ मूर्तियाँ! लेकिन यह क्या? ये मूर्तियाँ तो मुसकरा रही हैं! कमलेश का मुँह खुला का खुला रह गया।

तभी एक मूर्ति बोली–"बेटा, मैं हूँ आइजक न्यूटन, मैंने खोजा गुरुत्वाकर्षण।

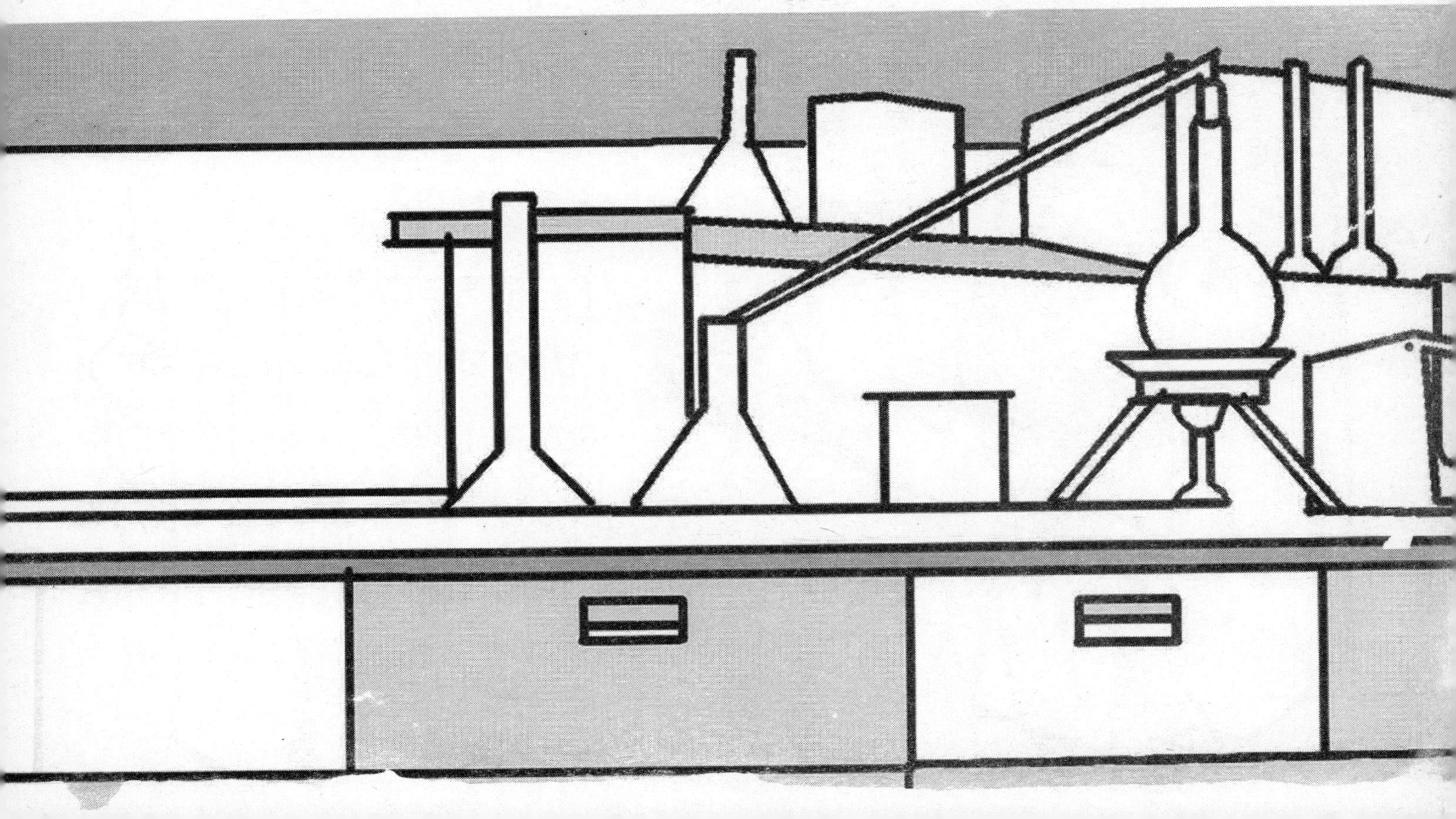

नाम टेढ़ा है, बात है सीधी, चीजें करतीं खींचा-खींची। नहीं समझे? मैंने सत्रहवीं सदी में यह मालूम किया कि सभी चीजें एक-दूसरे को खींचने की कोशिश करती हैं। जो चीज जितनी भारी होती है, उसमें उतना ज्यादा खिंचाव होता है। दूरी के साथ-साथ यह खिंचाव घटता जाता है। कैसी पोथी कैसी किताब, सीधा-सा इसका है हिसाब! खिंचाव बराबर, वजन बटा दूरी, गुणा दूरी।"

कमलेश ने टोका—"मगर न्यूटन साहब, चाँद की सैर से इसका क्या मतलब है?"

इस पर दूसरी मूर्ति मुसकरायी—"वही बताते हैं हम अब! पहले अपना परिचय दे दूँ। मैं हूँ कोन्स्तान्तीन जिओल्कोवस्की, पिछली सदी का वैज्ञानिक रूसी। मैंने एक ग्रन्थ लिखा, चन्द्र-यात्रा का मन्त्र दिया।"

कमलेश ने टोका—"लेकिन गुरुत्वाकर्षण?"

मूर्ति बोली—"अभी लो, इसी क्षण! मान लो तुमने एक राकेट पृथ्वी से चाँद की ओर छोड़ा तो पृथ्वी और चाँद दोनों उसे अपनी ओर खींचने की कोशिश करेंगे।"

"चाँद में भी खिंचाव है?" कमलेश ने सवाल किया।

जिओल्कोवस्की बोले— "खिंचाव तो हर चीज में है, चाँद में भी है। चाँद के खिंचाव से ही तो समुद्र में ज्वार उठता है। अच्छा अब यह देखो कि राकेट पर चाँद और पृथ्वी दोनों के खिंचाव का असर

पड़ेगा। पृथ्वी चाँद से 81 गुना भारी है, इसलिए काफी दूर तक राकेट पर पृथ्वी का खिंचाव ज्यादा रहेगा। यानी रफ्तार खत्म होने पर राकेट पृथ्वी की ओर गिरेगा, चाँद की ओर नहीं। लेकिन ज्यों-ज्यों राकेट पृथ्वी से दूर पहुँचेगा, त्यों-त्यों उस पर पृथ्वी का खिंचाव घटता जायेगा और चाँद का खिंचाव बढ़ता जायेगा। एक जगह ऐसी भी आयेगी जहाँ दोनों के खिंचाव बराबर हो जायेंगे और वहाँ से जरा भी आगे बढ़ने पर राकेट पृथ्वी की ओर नहीं, चाँद की ओर गिरेगा। है कि नहीं?"

"लेकिन वह जगह होगी कहाँ?"

इस पर न्यूटन बोले—"हम बतायें वह जगह! पृथ्वी चाँद से 81 गुना भारी है। इसलिए जब राकेट पृथ्वी से चाँद तक की दूरी के 10 में से 9 हिस्से पूरे कर चुका होगा तब उस पर पृथ्वी और चाँद दोनों का खिंचाव बराबर हो जायेगा।"

"कैसे?"—कमलेश ने पूछा।

न्यूटन बोले—"सुनिये जनाब, सीधा हिसाब! खिंचाव बराबर, वजन बटा दूरी गुणा दूरी। पृथ्वी का वजन 81, पृथ्वी से दूरी 9, इसलिए पृथ्वी का खिंचाव 81 बटा 9 गुणा 9 यानी 81 बटा 81 यानी 1, चाँद का वजन 1, चाँद में दूरी 1, इसलिए चाँद का खिंचाव 1 बटा 1 गुणा 1 यानी 1, देखा तुमने? पृथ्वी से चाँद तक की दूरी के दस में से नौ हिस्से जहाँ पूरे होंगे, यहाँ राकेट पर पृथ्वी और चाँद का खिंचाव बराबर हो जायेगा।"

"और जहाँ राकेट इससे आगे बढ़ा वहाँ पृथ्वी की पकड़ से छूट कर चाँद की पकड़

में गया। ठीक है न?" कमलेश ने पूछा।

"शाबाश, बिल्कुल ठीक!" जिओल्कोवस्की ने कमलेश की पीठ थपथपायी–"किसी तरह राकेट को इतनी रफ्तार दे दीजिए कि वह पृथ्वी से चाँद तक की 9/10 दूरी पार करने से पहले न रुके, बस फिर वह अपने आप चाँद की ओर गिरता जायेगा। चाँद की पृथ्वी से दूरी औसतन 2,38,000 मील रहती है। इसका दसवाँ हिस्सा हुआ 23,800 मील। यानी जब राकेट चाँद से इतने मील से कम दूर रह जायेगा तो चाँद का खिंचाव पृथ्वी के खिंचाव से ज्यादा हो जायेगा।"

"और फिर वह अपने आप चाँद की ओर गिरता जायेगा"–कमलेश ने

बात काटते हुए कहा—"यह हिसाब-किताब तो ठीक है। लेकिन एक बात पूछूँ? जब आपको यह सब मालूम था तो आप चाँद की सैर क्यों नहीं कर सके?"

जिओल्कोवस्की हँस पड़े। बोले—"भई कमलेश, हम लोग चाँद की सैर इसलिए नहीं कर सके कि हमारे जमाने में ताकतवर राकेट नहीं थे। ताकतवर राकेटों के बिना इतनी रफ्तार नहीं आ सकती कि अन्तरिक्ष-यान पृथ्वी की पकड़ से परे, चाँद की पकड़ में पहुँच जाये। मैंने राकेटों में तरल ईंधन इस्तेमाल करने का सुझाव इसीलिए दिया था कि उनसे ज्यादा रफ्तार हासिल की जा सकती है।"

इस पर तीसरी मूर्ति बोली—"मैंने बनाये पहले पहल राकेट, जिनमें ईंधन तरल। गोडर्ड मेरा नाम था, अमरीका में धाम था! मैंने पूरा हिसाब लगाया, फिर दुनिया को यही बताया, राकेट एक नहीं है काफी, चन्द्रलोक की सैर को। एक राकेट पर दूजा राकेट रखते जाओ, पूरी एक मीनार बनाओ। फिर आग दिखाओ, निचला राकेट जले, चले, मीनार उठाये, ईंधन चुके फौरन गिर जाये, जाते-जाते आग दिखाये ऊपर वाले राकेट को। फिर वह जले, चले और जब उसका भी ईंधन चुके, वह भी गिरे, जाते-जाते आग दिखाये ऊपर वाले राकेट को।"

कमलेश बोला—"अच्छा तभी बाहर जो राकेट खड़ा है वह तिमंजिली मीनार-सा लग रहा है।"

तभी राकेश मामा ने उसके कन्धे पर हाथ रखा और पूछा—"कमलेश तुम्हें यह अपने आपसे बोलने की आदत कब से पड़ी?"

कमलेश ने जवाब दिया—"मामाजी! मैं तो इन लोगों से बातें कर रहा हूँ!"

"इन मूर्तियों से!" मामाजी मुसकराये—"ये तो मरे हुए महान वैज्ञानिकों की मूर्तियाँ हैं।"

"मरे हुए हैं तो बोलते कैसे हैं?"

मामाजी कुछ सोच में

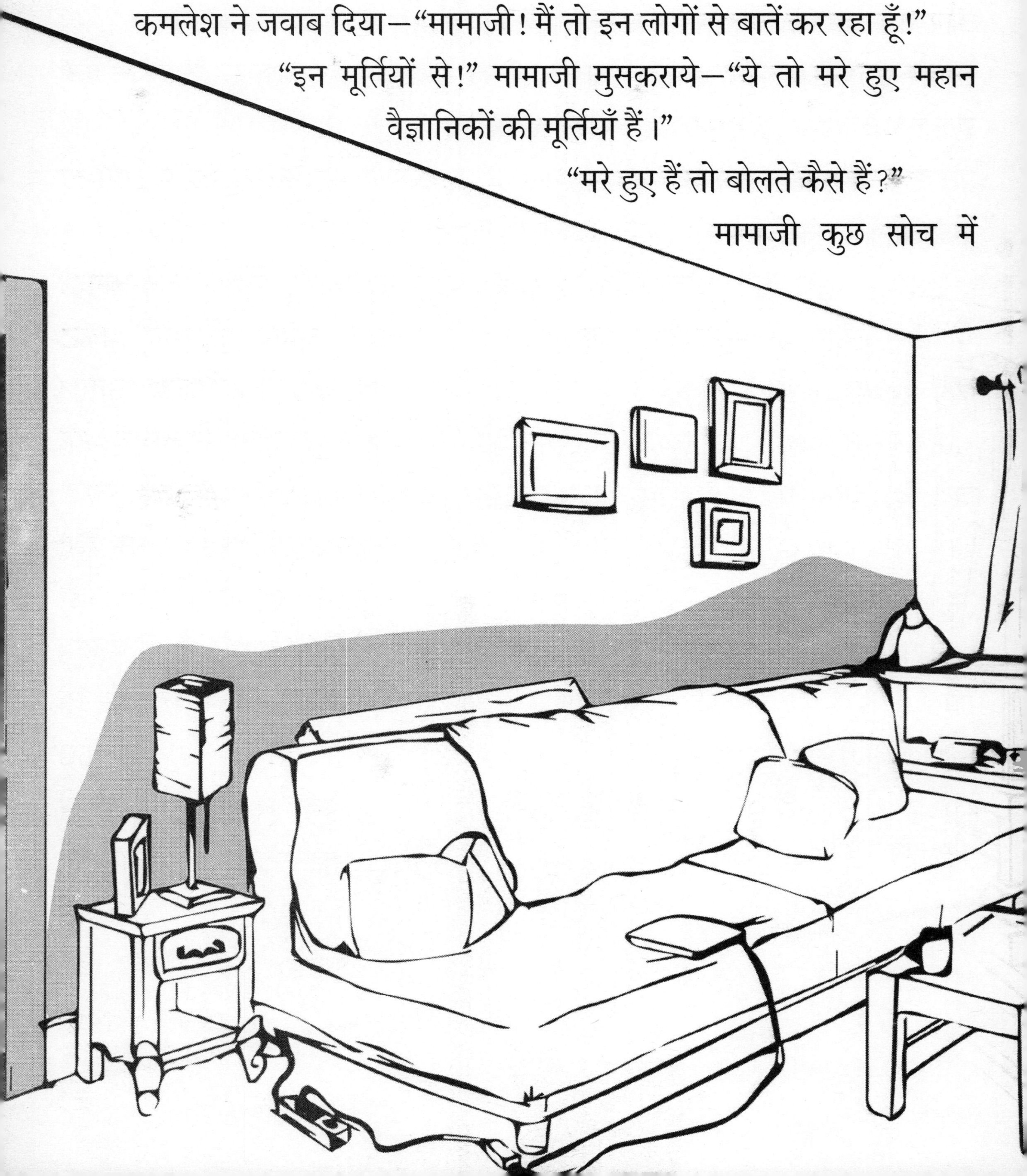

पड़ गये। फिर बोले—"बात यह है कि महान व्यक्ति अमर होते हैं। वे हमेशा अपने सिद्धान्तों में साँस लेते रहते हैं। अच्छा, अब चलो उस कमरे में। वहाँ रूस, अमरीका और जर्मनी के कई वैज्ञानिक बैठे हुए हैं।"

राकेश मामा कमलेश को दूसरे कमरे की ओर ले चले कि तभी बाहर मैदान से एक गूँज सुनायी दी—"दस, नौ, आठ, सात..."

"उलट-गिनती!" कमलेश चिल्लाया— "मामाजी राकेट रवाना हो रहा है। हम तो यहीं रह गये।"

मामा खड़े मुसकराते रहे। उलट-गिनती खत्म हुई और धमाके के साथ राकेट रवाना हो गया। कमलेश 'मामा! मामा!' यही चिल्लाता रह गया और मामा खड़े मुसकराते रहे। कमलेश रुआँसा हो चला तब कहीं मामा के मुँह से बोल फूटा। कहने लगे—"इस राकेट में तो रूस और अमरीका के कुछ लोग अन्तरिक्ष में हमारे लिए स्टेशन बनाने गये हुए हैं। हम तो दूसरे राकेट से जायेंगे। उसके लिए हमें काफी तैयारी

करनी पड़ेगी। कैसी तैयारी, यह वैज्ञानिक लोग बतायेंगे। चलो उनसे मिलें।”

कमलेश को लेकर राकेश प्रयोगशाला के भीतर कमरे में गये। यहाँ दो आदमी बेतार के यन्त्रों से घिरे बैठे थे। तमाम तरह के यन्त्र—रेडियो, टेलीविजन, ट्रांसमीटर और न जाने क्या-क्या। रेडियो से बीप, बीप, बीप, ऐसी कुछ आवाज निकल रही थी। टेलीविजन के पर्दे पर धूप-छाँह लहरें उठती-गिरती घुलती-मिलतीं नजर आ रही थीं। सहसा यह लहरें थमीं। पर्दे पर दो आदमियों का अक्स उभर आया। इन्होंने अन्तरिक्ष यात्रियों की खास तरह की पोशाक पहन रखी थी। सर पर धातु का कनटोप था, जिसमें मुँह के सामने काँच की गोल-प्लेट लगी हुई थी। प्लेट के पीछे, दोनों आदमियों के मुँह लटके हुए दीख रहे थे। ऐसा लगता जैसे किसी ने इनके पेट में घूँसा मारा हो। कमलेश ने पूछा—“ये लोग कौन हैं? इन बेचारों को हुआ क्या है?”

राकेश ने बताया—“अभी जो राकेट छोड़ा गया था न, ये उसी के मुसाफिर हैं। इनके डिब्बे में टेलीविजन का कैमरा लगा हुआ है। इसी से बेतार द्वारा इनकी तस्वीर

हम तक पहुँच रही है। राकेट की रफ्तार जितनी तेजी से बढ़ रही है, उतनी ही तेजी से इनका वजन बढ़ रहा है। इसी के मारे इनका हुलिया बदरंग हुआ जाता है। अब तुम यह पूछोगे कि रफ्तार बढ़ने से वजन क्यों बढ़ता है? यह भी सुनो। हम अपना जो वजन महसूस करते हैं वह दरअसल और कुछ नहीं पृथ्वी का खिंचाव ही है। जब

राकेट रफ्तार पकड़ने के लिए धक्के के साथ ऊपर उठता है, तो इसमें बैठे मुसाफिर को भी झटका लगता है। इस झटके को सम्हालने के लिए पृथ्वी उसे ज्यादा जोर से खींचती है। यानी उसके पाँवों पर ज्यादा दबाव पड़ता है। अर्थात् उसका वजन बढ़ जाता है। कभी झूले पर तेज पेंग बढ़ा कर देखा है? कैसे चक्कर-सा आ जाता है? वैसी ही हालत राकेट के झटके लगने पर होती है। समझे न? गुरुत्वाकर्षण...!”

राकेश का भाषण शायद कभी खत्म ही नहीं होता, लेकिन कमलेश की चीख ने उसकी बात बीच में ही काट दी।

“क्यों क्या हुआ?” मामा ने पूछा।

“देखिये न!” कमलेश बोला—“राकेट के मुसाफिर तो तैरने लगे हैं।”

मामा मुसकराये। बोले—“अब इनमें कोई वजन नहीं रह गया, इसलिए इनके पाँव कहीं जम नहीं पाते।”

कमलेश ने कहा—“अभी तो वजन बढ़ रहा था और अभी वजन ही नहीं रहा।”

मामा ने कहा—“राकेट पृथ्वी की पकड़ से परे पहुँच चुका है। अब उसका इंजन बन्द कर दिया गया है। मुसाफिरों के पाँवों पर अब पृथ्वी का खिंचाव भी खास नहीं रहा। राकेट के झटके भी नहीं रहे। इसलिए उनके पाँवों पर कोई बोझ नहीं रहा। जैसे राकेट अब बेरोक-टोक उड़ रहा है, वैसे ही उसमें बैठे मुसाफिर भी बेरोक-टोक उड़ रहे हैं।”

मुसाफिर सचमुच उड़ रहे थे। तैर रहे थे। अपने डिब्बे में वे ऐसे लग रहे थे जैसे हौज में मछलियाँ। डिब्बे में जो भी चीज कील से ठुकी नहीं थी, वह उड़ रही थी। कागज, प त्त ा र ,

कलम-दावात सब कुछ।

यन्त्रों के सामने दो आदमी बैठे थे। उनमें से पहले ने बेतार टेलीफोन उठाया और कहा—"क्या हाल हैं?"

टेलीविजन के पर्दे पर मुसाफिर के ओंठ हिले और रेडियो से आवाज आयी—"हम मजे में हैं। आगे के लिए आदेश भेजिये।"

आदेश दिया गया—"थोड़ा सोने की कोशिश कीजिए। कुछ घण्टे बाद आपको अन्तरिक्ष-स्टेशन बनाने में जुटना होगा।"

कमलेश यह देखकर हैरान हुआ कि अन्तरिक्ष-यात्री अधर में तिरते हुए ही आँख मूँद कर सो गये। कमलेश ने अपनी हैरानी जाहिर की तो यन्त्रों के सामने बैठे हुए दोनों आदमी हँसकर बोले—"तेरा हाल यही होगा। लटके-तिरते खाना-सोना।"

कमलेश ने पूछा—"आप कौन हैं?"

इस पर पहला आदमी बोला—"मैं रूस का सोवियतनिन, बना चुका राकेट अनगिन।"

दूसरा आदमी बोला— "नाम अमरी, धाम अमरीका, चाँद पहुँचाने का लिया है ठीका।"

फिर उसने आगे कहा—"हमने तुम्हारे अन्तरिक्ष-यान के नीचे चार राकेट लगा दिये हैं। इनसे तुम शर्तिया चाँद तक पहुँच जाओगे।"

अमरी ने खिड़की खोली और कमलेश ने देखा कि बाहर मैदान में एक के ऊपर एक चार राकेट लगे हुए हैं। उनके ऊपर मुसाफिर के बैठने के लिए एक गोल डिब्बा रखा हुआ है। उससे कुछ दूर तीन छोटे राकेटों वाला एक और अन्तरिक्ष-यान खड़ा था। कमलेश ने उसकी ओर इशारा किया और पूछा—"यह किसलिए है?"

सोवियतनिन बोले—"अगर अन्तरिक्ष-स्टेशन बन गया तो तुम्हें चार राकेटों वाले यान की जरूरत न पड़ेगी। तीन राकेटों वाले यान से तुम अन्तरिक्ष-स्टेशन पहुँच जाओगे। वहाँ से एक राकेट वाला यान तुम्हें चाँद तक पहुँचा देगा।"

अमरी बोले—"वह इसलिए कि अन्तरिक्ष में पृथ्वी का खिंचाव कम होने के कारण ऊपर उठने में कम ताकत लगती है।"

राकेश ने कहा—"जरा देखिये तो अन्तरिक्ष-स्टेशन बनाने वालों के क्या हाल हैं?"

सोवियतनिन ने बेतार-टेलीफोन उठाया और पूछा—"क्या खबर है?" अन्तरिक्ष

यात्रियों में से एक बोला—"खबर कोई खास अच्छी नहीं है। बिजली की बैटरियाँ ठीक से काम नहीं कर रही हैं। उनके बगैर बिजली के चुम्बक काम नहीं करेंगे। और वे काम नहीं करेंगे तो अन्तरिक्ष-स्टेशन में अन्तरिक्ष-यान लंगर कैसे डालेगा।"

सोवियतनिन ने कहा—"गड़बड़ है।"

सोवियतनिन सोच में पड़ गये। फिर बोले—"ठीक है, तुम वापस आने की तैयारी करो। हम कमलेश और राकेश मामा को चार राकेटों वाले यान से रवाना कर देंगे।"

अन्तरिक्ष-यात्री ने कुछ बटन दबाये, हैण्डल घुमाये और कहा—"ठीक है, हम लौट रहे हैं।"

राकेश बोले—"और कमलेश चलने की तैयारी करें।"

पोशाक पहन कर कमलेश और राकेश मामा समुद्री गोताखोरों जैसे दीखने लगे। राकेश ने कमलेश का कनटोप ठीक किया और उसे बाहर ले चले। लिफ्ट पर सवार होकर वे राकेटों की चौमंजिली मीनार के ऊपर अपने डिब्बे तक पहुँचे। दरवाजा उसमें नहीं था, एक छोटी-सी खिड़की-सी थी। उसी से अन्दर घुसे। जैसे ही वह

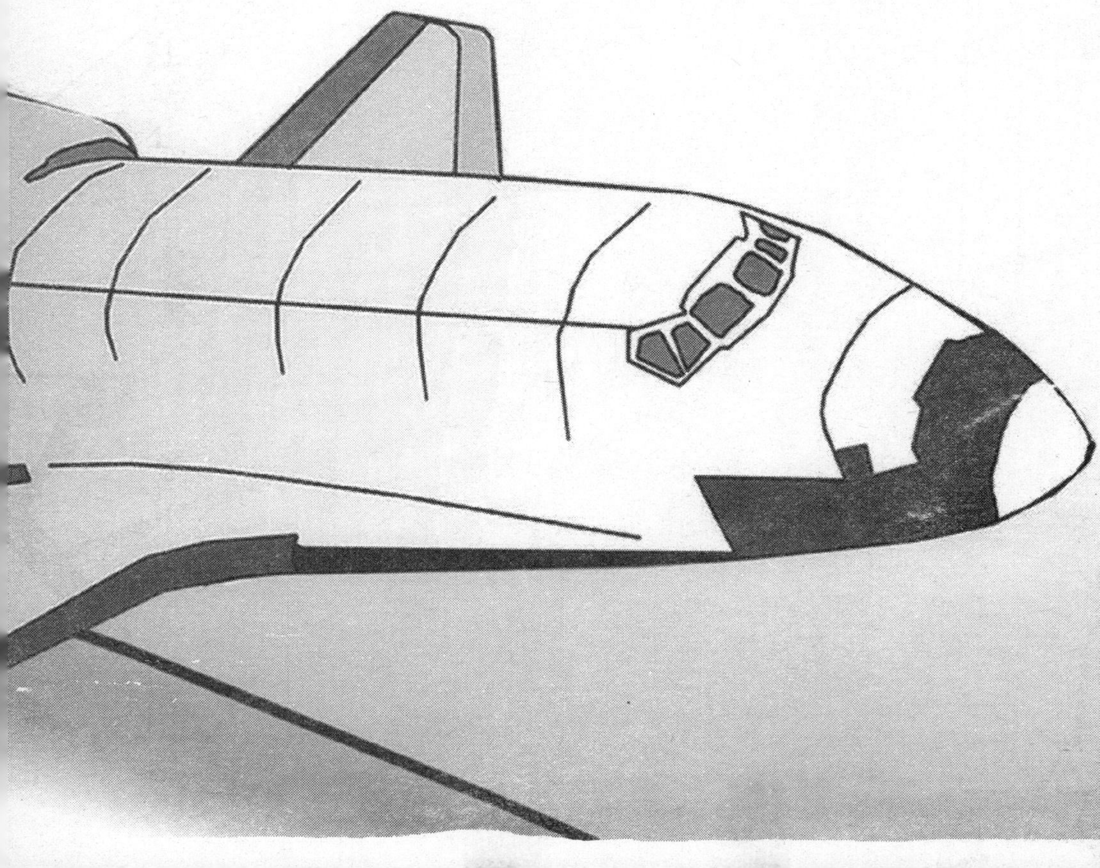

अन्दर पहुँचे, खिड़की बन्द हो गयी। लाउडस्पीकर से एक आवाज गूँजी—तैयार, उलट-गिनती शुरू!

उलट गिनती शुरू हुई—दस, नौ, आठ, सात, छह, पाँच, चार, तीन, दो, एक, शून्य—और जोर का धमाका हुआ। धड़धड़ाता हुआ, आग उगलता हुआ राकेट ऊपर उठने लगा।

शुरू में जो झटके लगे तो कमलेश को काफी बेचैनी हुई। कुछ वैसा ही लगा जैसा घुमावदार पहाड़ी सड़क में बस से सफर करते समय महसूस होता है। मितली उठने लगीं। पलकें अपने आप बन्द होने लगीं। जैसे किसी ने उनमें लोहा भर दिया हो। दम

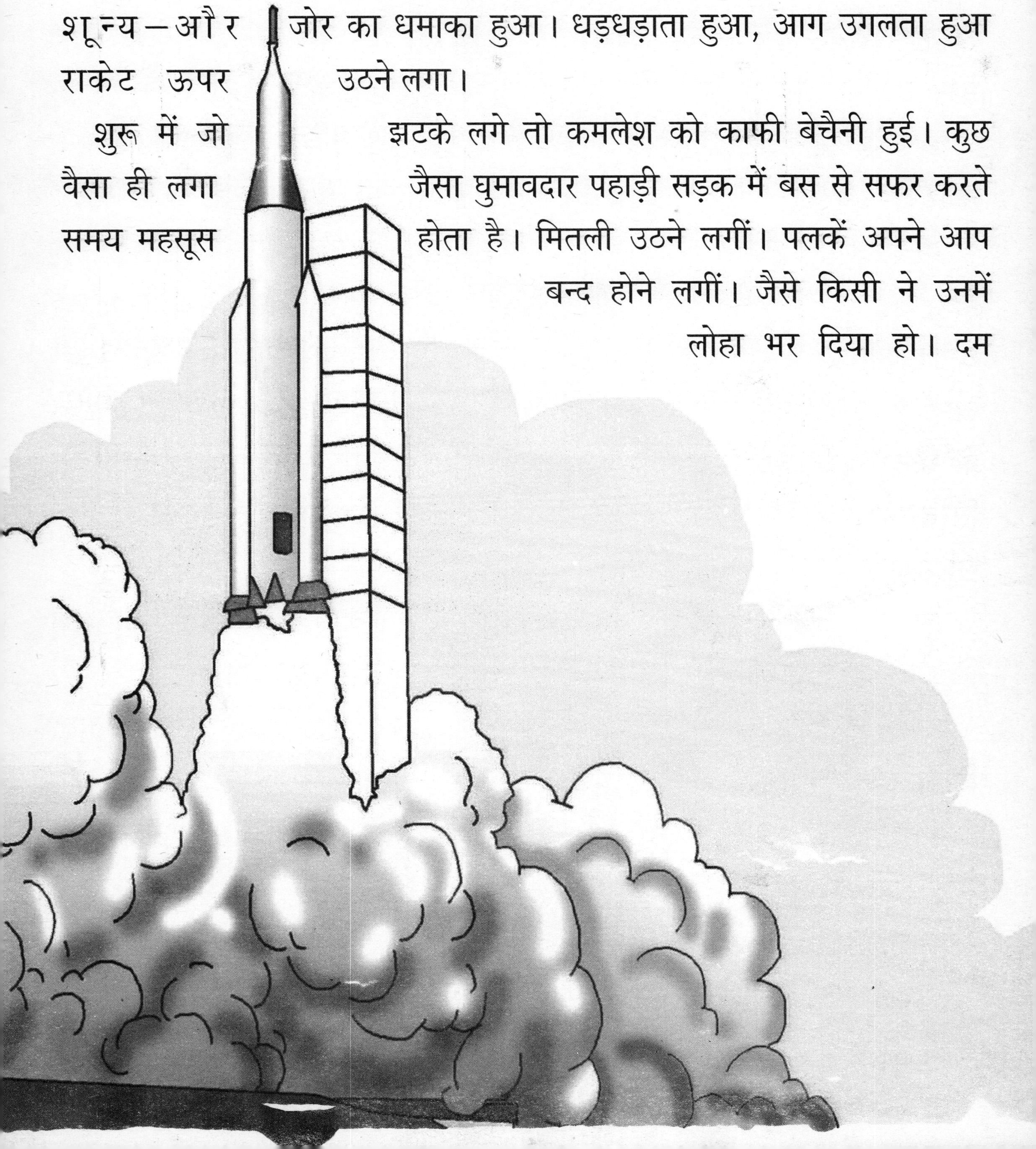

घुटने-सा लगा। कमलेश को तो ऐसा लगा कि जान अब गयी तब गयी। लेकिन बाद में जब चारों राकेट जलकर अलग हो गये तो झटके लगने भी बन्द हो गये। लेकिन साथ ही नयी परेशानी शुरू हुई। अन्तरिक्ष-यान के भीतर मामा और भांजा दोनों अधर में लटक गये। कमलेश चिल्लाया—"मामा क्या करें! यह तो बड़ी मुसीबत है।" मामा बोले—"घबराओ मत। देखो न मंजिल सामने आ पहुँची है।"

कमलेश ने निरीक्षण खिड़की से देखा—चन्द्रमा बहुत ही बड़ा और बहुत ही साफ नजर आ रहा था।

अन्तरिक्ष-यान की सामने वाली खिड़की से देखो तो चाँद और-और ज्यादा बड़ा होता जा रहा था। निचली खिड़की से देखो तो धरती और-और छोटी होती जा रही थी। इतनी ऊँचाई से पृथ्वी कुछ वैसी ही नजर आती है जैसा कि पृथ्वी से चाँद नजर आता है। राकेश और कमलेश भारहीनता से जरा भी परेशान नहीं थे। अपने डिब्बे के भीतर अधर में तिरते हुए ही वह सारा कामकाज किये जा रहे थे। खाना भी तिरते-गिरते ही उन्होंने खाया। और खाना भी कैसा! बिल्कुल हल्का-फुल्का। सब्जियों में छिलका-डंठल नहीं।

राकेश ने वैज्ञानिकों से बातचीत की। बोले—"नमस्ते! हम मजे में हैं। आगे के लिए आदेश दीजिए।" बेतार यन्त्र से आवाज आयी—"सितारा सीधे देखिये।"

राकेश ने यान में लगी हुई दूरबीन से सितारों को देखा और वैज्ञानिकों को बताया कि यान के सामने कौन-कौन से सितारे हैं।

अन्तरिक्ष-यान अब चाँद के खिंचाव में आ चुका था और तेजी से चाँद की ओर गिरता जा रहा था। तभी कोई चीज अन्तरिक्ष-यान के नीचे से गुजरी और यान जैसे सिहर उठा।

"उल्का पिण्ड"—राकेश ने कहा—"यह वही चीज है, जो पृथ्वी के वायुमण्डल में

आकर रगड़ से भस्म हो जाती है। हम कहते हैं कि देखो तारा टूटा। ये पिण्ड, मंगल और वृहस्पति ग्रहों के बीच की भाप और धूल से बनते हैं।"

"इनसे हमारा यान कहीं टूट तो नहीं जायेगा?" कमलेश को आशंका हुई।

राकेश ने कहा—"नहीं, हमारा यान काफी मजबूत है। मगर मुझे डर है कि इस बड़े पिण्ड के धक्के ने कहीं हमें रास्ते से हटा न दिया हो?" कमलेश ने फौरन दूरबीन से देखा। पता चला कि यान सचमुच अपने रास्ते से हट गया है। अब? मामाजी ने बेतार-टेलीफान से वैज्ञानिकों को खबर की—"बड़ा उल्का-पिण्ड करीब से गुजरा। यान और यन्त्र सही सलामत हैं। लेकिन हम रास्ते से हट गये हैं।" नीचे से आदेश मिला कि यान करवटें बदलने लगा है। वह अपने-आप सीध में आ रहा है। थोड़ा रुककर फिर आवाज आयी— "यान ठीक बढ़ रहा है। आप चाँद के करीब पहुँच चुके हैं। गति धीमी करने के लिए पलट-राकेट छोड़िये।"

राकेश ने एक बटन दबाया। पलट-राकेट छूट

गया। उसने अन्तरिक्ष-यान को उल्टी दिशा में यानी पृथ्वी की ओर धक्का दिया।

चाँद अब कुछ ही सौ मील दूर रह गया था। उसकी वादियाँ, रेगिस्तान और ठण्डे पड़े हुए ज्वालामुखी साफ नजर आने लगे थे। कमलेश ने जितना देखा, उतना ही आश्चर्य हुआ उसे। यह वही चाँद है जो पूनो की रात में भी पृथ्वी से एक छोटी थाली जितना बड़ा दिखायी देता है। ये पर्वत, ये घाटियाँ ही हैं, जो हमें पृथ्वी से धब्बों जैसी दीख पड़ती हैं। जिन्हें हम कभी खरगोश, कभी बुढ़िया मान बैठते हैं। यान धीमी रफ्तार से चाँद पर मँडराता रहा। उसने रेडार की मदद से समतल और ठोस जगह ढूँढ़ी। फिर उस पर उतर गया। मामाजी ने यान का दरवाजा खोला। बाहर तेज धूप थी। गर्मी तो इतनी कि बरदाश्त से बाहर। राकेश और कमलेश ने ऐसी पोशाक पहन

रखी थी, जिसमें थर्मस वाला गुण था। यानी बाहर की सर्दी-गर्मी उसमें आसानी से घुस नहीं सकती थी। तब भी उनके पसीने छूटने लगे। आखिर उन्होंने चाँद पर पहला कदम रखा। उन्हें अपना वजन बहुत-ही कम महसूस हो रहा था। भारी-भारी बक्से भी कमलेश आसानी से उठा सका। वह इसलिए कि चाँद में खिंचाव बहुत कम है। उठने-बैठने, चलने-फिरने में यहाँ ताकत कम लगती है। यहाँ से राकेट को ऊपर उठाने के लिए भी ज्यादा ईंधन नहीं लगेगा। राकेश ने कहा—"अब जरा जल्दी-जल्दी सब यन्त्र लगा दो। सूरज डूबने से पहले ही हमें यहाँ से चला जाना होगा। नहीं तो ठण्ड के मारे खून तक जम जायेगा।"

कमलेश ने यन्त्र लगाने में राकेश का हाथ बँटाया। जब सब यन्त्र लग गये तो राकेश ने बेतार द्वारा वैज्ञानिकों को खबर की—"यन्त्र बैठाये जा चुके हैं। बताइए, वे सूचनाएँ ठीक-से पहुँचा रहे हैं कि नहीं?" थोड़ी देर बाद बेतार से सूचना मिली—"यन्त्र अपना काम ठीक कर रहे हैं। आपने चाँद पर जो टेलीविजन-कैमरे लगाये हैं, उनके सामने खड़े हो जाइए।"

पहले राकेश ने अपना सन्देश दिया। फिर कमलेश ने। उसने कहा—"दुनिया के बच्चों को मेरा सलाम। चाँद पर पहुँचकर मुझे बहुत खुशी हुई है। मगर पृथ्वी पर लौटकर इससे ज्यादा खुशी होगी। यहाँ देखने-सुनने को कुछ है ही नहीं। सुनायी तो यहाँ कुछ पड़ता ही नहीं, हवा जो नहीं है। पानी भी नहीं है। फिर आबहवा कैसे हो?

दो ही मौसम हैं—दिन में गर्मी, रात में जाड़ा। बस, देखने को कुछ ऊँची-ऊँची पहाड़ी दीवारें हैं। कुछ इतने गहरे खड्ड हैं कि झाँको तो सिर चकराये। हरियाली यहाँ नाम को नहीं है। न पेड़-पौधे, न लोग-बाग, न ताल-तलैया। यहाँ मेरा मन लगे तो कैसे? एक ही फायदा है यहाँ—दौड़-भाग, उछल-कूद सब बहुत आसान हो गयी है।"

सन्देश देकर राकेश और कमलेश अन्तरिक्ष-यान में आ बैठे। राकेश ने एक बटन दबाया। यान के निचले हिस्से में रखा राकेट जलने लगा। यान आसानी और तेजी से ऊपर उठा और चाँद के खिंचाव से परे पहुँचकर पृथ्वी के खिंचाव में पहुँच गया। उसकी रफ्तार बहुत तेज हो गयी। जब यान पृथ्वी से कुछ मील ऊपर रह गया तो उसके पैराशूट खुल गये। इनकी मदद से वह धीरे-धीरे पृथ्वी पर उतर आया। मामाजी और कमलेश यान से बाहर निकले। उनकी डॉक्टरी जाँच हुई। थोड़ा आराम करने के बाद वे हवाई जहाज से राजधानी पहुँचे। यहाँ उन्हें देखने के लिए लोगों की भीड़ टूट पड़ी। सब उनकी जय-जयकार करने लगे। तभी कमलेश को राकेश ने जगाया। कमलेश ने कहा—"मैं सपना देख रहा था कि हम चाँद की यात्रा पर गये हुए हैं।"

□□